献给塔什库尔干塔吉克自治县成立 70 周年

冰山之歌

当代塔吉克族诗人诗歌选译

塔什库尔干塔吉克自治县
文学艺术界联合会◎主编
苏德新◎译

中国纺织出版社有限公司

图书在版编目（CIP）数据

冰山之歌：当代塔吉克族诗人诗歌选译 / 塔什库尔干塔吉克自治县文学艺术界联合会主编；苏德新译 . 北京：中国纺织出版社有限公司，2024. 7 -- ISBN 978-7-5229-1961-4

Ⅰ. I227

中国国家版本馆 CIP 数据核字第 20244X8C17 号

责任编辑：顾文卓　向连英　　　　责任校对：高　涵
责任印制：储志伟

中国纺织出版社有限公司出版发行
地址：北京市朝阳区百子湾东里A407号楼　邮政编码：100124
销售电话：010—67004422　传真：010—87155801
http:// www.c-textilep.com
中国纺织出版社天猫旗舰店
官方微博http:// weibo.com/2119887771
北京华联印刷有限公司印刷　各地新华书店经销
2024年 7 月第 1 版第 1 次印刷
开本：880×1230　1/32　　印张：7
字数：100千字　定价：68.00元

序

由中国作家协会会员、塔吉克族著名诗人肉孜·古力巴依为代表的23位诗人创作、苏德新先生翻译的《冰山之歌：当代塔吉克族诗人诗歌选译》即将付梓，这是塔什库尔干塔吉克自治县宣传文化建设的又一丰硕成果，也是献给塔什库尔干塔吉克自治县成立70周年的一份厚礼。

塔吉克族作为我国56个民族中的一员，具有悠久的历史、灿烂的民族文化和光荣的爱国主义情怀，是一个有着光辉传统的民族。他们生活在被称为世界屋脊的帕米尔高原，过着古老的游牧生活，他们素有“帕米尔雄鹰”的美誉。鹰不但是塔吉克族先民崇拜的图腾，而且是塔吉克族人忠诚、勇敢、刚毅的象征。他们喜欢称自己为“鹰的传人”，他们的想象在雪峰上、在白云间飞翔；塔吉克族人的诗歌也像盛开在帕米尔高原上的雪莲花一样美丽迷人。

塔吉克族是一个热爱诗歌的民族，其诗歌作品独具风格，散发出一股轻轻的高原之风，回响着一曲曲鹰的故事。从入选本诗集诗人的诗作中可以看出，他们中既有诗坛德高望重的前辈，也有充满朝气的青年才俊；既有获得过全国少数民族文学创作“骏马奖”的诗人，也有获得过自治区政府最高文艺奖“天山文艺奖”的诗人。因此，入选本诗集的诗人都是本民族中有重要影响和代表性的诗人。他们的诗歌作品有抒情诗、十四行诗、柔巴依和达斯坦；主要是歌颂党、祖国、家乡、爱情的作品和赞美新农村建设、脱贫致富、家乡巨变的正能量作品；诗歌作品的形式多样，风格各异，具有较高的思想性和艺术性，代表了当代塔吉克族诗歌创作的最高水平。

新时代，呼唤着时代精神、体现时代高度的作家诗人。塔吉克族诗人在祖国繁荣昌盛中更能感受帕米尔的艺术魅力，进而从人民的富裕生活中得到启示，陶冶情操，提高个人文学素养，提高审美水平和人生质量，为自己的生命建立一片纯净的、神圣的净土，把自己的奋斗融入塔什库尔干的奋进中，创作出更多满足人民文化需求和增强人民精神力量的优秀诗歌，奋力谱写无愧于时代的中国塔吉克族诗歌新篇章，并热情描绘新时代新征程的宏伟图景。

是为序。

扎帕尔·阿塔吾拉

2022 年 5 月 5 日　于塔什库尔干

译者简介

苏德新，笔名多默。中国作家协会会员，中国翻译协会资深翻译家，中国少数民族作家学会会员。

相继在《民族文学》《上海文学》《青年文学》《西部》《民族文汇》《芳草》《人民日报》《文艺报》《新疆日报》“中国作家网”“中国诗歌网”等报刊和网络平台发表作品，体裁包括小说、诗歌、散文的翻译作品及原创作品等。

著有诗集《浑圆的沙城》《一束光流过时间的痕迹》；翻译诗集《飞石集》《丝路的眼睛》等。出版译著包括长篇小说、中短篇小说集、翻译文集等十余部。曾获《语言与翻译》全疆翻译比赛二等奖，第四届上海市民诗歌节三等奖，耕读诗会“全国网络大奖赛”二等奖，第十六届“汗腾格里文学奖”，第三届“天山文艺奖”作品奖，第四届“天山文艺奖”荣誉奖，第十届全国少数民族文学创作“骏马奖”等。

2018 年 11 月，被中国翻译协会授予“资深翻译家”荣誉称号。

目 录

拉齐尼·巴依卡的诗

拉齐尼·巴依卡（1979—2021）

2001 年参军入伍，2003 年退伍后成为红其拉甫边防部队的义务巡逻向导，曾任新疆维吾尔自治区塔什库尔干塔吉克自治县提孜那甫乡提孜那甫村村委会委员、护边员。2018 年当选第十三届全国人大代表。2021 年 1 月 4 日，为解救落入冰窟的儿童，不幸英勇牺牲，年仅 41 岁。2021 年 3 月 3 日，中宣部追授拉齐尼·巴依卡同志“时代楷模”称号。

南湖

南湖红色的光照亮帕米尔高原，
在晨曦中，我祖父凯力迪别克露出笑颜。
他为祖国安宁怀着一颗雄鹰般警惕的心，
他视巡边为自己义不容辞的职责和担当。
祖父这种精神是我家的一盏明灯，
我的父亲巴依卡又继承他的遗志。
我们军民一家亲，扎根边疆，
保卫祖国是神圣义务也是心愿。
祖父和父亲的精神鼓舞着我雄鹰般飞翔，
我以钢铁般的意志，日夜巡逻在冰峰雪岭间。

心中的火炬

我日夜巡逻在冰峰雪岭上，
暴风雪不能折断我钢铁般的意志。
对界碑的忠诚烙印在我心上，
祖国给我力量、幸运和十万骁勇。

我的梦向着首都北京飞翔，
在那激动的时刻受到习主席接见。
他的每一句话都是对我的鞭策，
慈父般向我询问戍边巡逻的情况。

我给大家讲了那些幸福的时刻，
把祖国和人民的希望牢记在心上。
严冬的暴风雪打不倒我的意志，
唱响团结之歌，向着我们的目标前进。

我们的富裕生活，来自党的关怀。
塔吉克族人民心中点燃欢乐的火炬。
守边护边是我们边境牧民的责任和义务，
也是我家三代人毫不动摇的决心和心愿。

肉孜·古力巴依的诗

肉孜·古力巴依

中国作家协会会员，中国少数民族作家学会会员，鲁迅文学院高级研讨班学员，喀什地区作家协会名誉主席。曾发表长篇小说《库尔察克》《花儿永远这样红》《帕米尔的丰碑》，中短篇小说多部以及诗集、电影剧本等。2023年获“天山文艺奖”文学奖。

南湖

我沉浸于南湖畔
风传来好声音
将我的回忆带到世纪那边
我欢悦于太阳诞生的湖岸
100 年前那个雾蒙蒙的世界
黑暗笼罩乾坤
共产党像太阳
光辉普照
开辟了新时代
这红色的光焰照亮了帕米尔
慕士塔格峰、乔戈里峰笑开了颜
热爱共产党的心儿欢欣鼓舞
各族人民过上了幸福的日子

我的党

——献给党的二十大

1

我的党像温暖的太阳
从百年的东方升起
我的党像当空的满月
照亮了整个大地
我的党像辛勤的园丁
把祖国建设成花园
我的党梦想成真
创造了新时代的奇迹
我的党深情似火
她为各族人民谋幸福

2

快乐的心儿在欢笑
从四面八方传来乐声
今天远方的村庄
像城市一样繁华
温暖了农牧民的心房

城乡一样富裕
随着新时代
帕米尔高原的慕士塔格阿塔笑了
我的党是群众的贴心人
创造辉煌时代

3

百年翻越百座大山
攻坚克难战无不胜
你足迹上的绿洲果园
建成富民安居房
在文明的光辉照耀下
谱写崭新的乐章
在团结和谐的旋律中
享受生命的乐趣
我的党是总指挥
带领群众奔向总目标

4

改革开放的成果
在各条战线上辉煌耀眼
每一步都有新的创造、新的胜利
祖国面貌焕然一新
如五彩缤纷的花环
塔河和黄河作喷壶

为美好生活喷洒甘霖
我的党带领各族人民
实现伟大的中国梦

5

新时代的春风吹遍乡村、山庄和草原
乡镇巴扎热闹非凡
像大城市一样繁荣
农牧民家有小汽车
收割机也派上用场
金黄的麦子堆成山
黄灿灿熠熠生辉
我的党为我们找到
一条脱贫致富的路

6

农牧民的欢声笑语
在田间草甸达到高潮
好时代把幸福之光
抛洒在致富的路上
在兄弟省份援疆干部帮助下
生活富裕，民康物阜
人民致富开怀大笑
获得自己的幸福感
我的党为我们制定了

富民强国的发展纲要

7

我们治山治水，生态优美
科学和技术的威力巨大
我们给狂放不羁的河流
用科学给它戴上嚼子
让高山峡谷变通途
让戈壁沙漠变绿洲
我的党为我们选择
一条脱贫致富之路

8

绿水青山就是金山银山
自然如此多娇
各族人民欢欣鼓舞
共唱团结之歌
我的祖国名扬四海
物产丰富应有尽有
友好省区援疆
想我们之所想
急我们之所急
帮我们之所需
我的党是今天人民的骄傲
人民的获得感、幸福感倍增

9

我们各族人民凝心聚力
民族团结一家亲
人人讲和睦，村村讲团结
人民过上幸福生活
村委会实行民主管理和监督
每年举国上下都举行两会
新时代的赛马场上
新疆也会策马驰骋
我的党采取政策扶持
各民族共同富裕

10

站在离太阳最近的地方
我们欢天喜地，载歌载舞
在欢快激越的鹰笛声中
我们心花怒放，欢呼雀跃
愉悦的心情如泽拉甫香河
乘风破浪，激情飞扬
在这快乐的日子里
兴高采烈，喜气洋洋
我的党
献给你的赞歌唱也唱不够
献给你的颂诗写也写不完

照亮帕米尔的一颗星[1]

犹如晴天霹雳
传来的噩耗使我万分心痛
“轰隆”一声，驻扎边境的那棵常青松倒地
帕米尔为你默哀，慕士塔格为你低头

你英勇含笑离开我们
立下一座不朽的英雄丰碑
你舍己救人的精神如烛
燃烧自己，照亮别人，激励我们

你虽离去，但精神永存
你对祖国和人民的挚爱是我们学习的榜样
千千万万塔吉克人民将追随你的足迹
像警惕的雄鹰般高翔，守卫祖国的边疆

---

❶ 为怀念拉齐尼·巴依卡所作。——编者注

帕米尔

帕米尔山峰高耸入云
山谷水草丰美，鲜花盛开
皑皑雪山，涧水潺潺
美丽的草原牛羊肥壮
夜莺在清晨鸣啭
牧歌悠扬
神秘谷讲述传说
山泉唱着无尽的歌
银碗盛满闪光的露珠
每一滴都能医治痛苦
山峰巍峨，矿藏丰富
这里有宝石，还有青玉
山野多彩，令人神往
牧人脸上溢满幸福和安详
帕米尔正迎来腾飞的机会
每天都有新光景
帕米尔闪如明星
永远矗立在祖国边疆

在我的家乡

今天，我又回到家乡
新变化让我陶醉
田畴与草原相连
这样的巨变让我惊叹

草原传来牧歌
鹰笛声声
白云般飘向远方
牛羊悠闲

山峰包裹着山村
银色波浪泛成海洋
幸福的甸园，果实飘香
你若尝一口，甜如蜜糖

景色美丽，热闹富足
街市繁华，琳琅满目
正在举行赛马、叼羊
激烈竞技令人眼花缭乱
我从未见到我的家乡

生活如此美满而多彩
如此幸福怎么得来
我急于想知道

此刻，我心中激越
思绪的鸟儿向四野飞去
我看到家乡的新气象
令我激情飞扬，令我向往

这时，戴吾尔大叔出现在我眼前
他的脸庞红润，石榴一样
此时的他，仿佛又回到青春时光
他的眼中闪烁着希望之星

您好，戴吾尔大叔，您越活越年轻了呀
我兴致勃勃地向他问候
他说
我们遇上了好时代，日子比蜜甜

党领导我们走上
社会主义康庄大道
脱贫致富，过上小康
幸福鸟降落在我家乡

我的家乡迎来新时代

民族团结如石榴籽一样
在祖国的怀抱温暖幸福
慈母一样抚育着我们

建起了崭新的安居房
告别了烟熏火燎
电气暖一应俱全
我们日子过得舒坦

齐心协力建设家乡
家乡面貌焕然一新
脱贫致富，生活富裕
援疆干部是保障

老人的诉说如山泉
汩汩流淌，可亲可信
让我理解新时代精神
给我的家乡带来了新变化

生命

生命之河奔流不息
始终看不到头尾
我如一滴水
流淌在河的心怀
抱紧滔天大浪
时而沉没，时而显现
努力拼搏，砥砺奋进
驰骋在生命神秘的赛马场上
太阳在远方
笑眯眯地摇着头
伸过来光灿灿的手
无微不至地，梳理我的头发
受宠若惊的鱼、鸟
分不清蓝与绿
瞳仁中生命的云
幻化成水滴落入心中
乍一看，世界是那么渺小
可是，心宽可盛下世界
水、大地、空气、光在此汇合
神秘的亭台楼榭永久融入画中

大地对我们非常温和
她的和煦而温良
即使躯体龟裂
也会给各种生灵戴上护身符
大地是生命的摇篮，永远的母亲
她不会抛弃每一个盼望生命的生灵
如同见到一个迷人的姑娘
慷慨给予你想要的一切
从来没有也不可能有一个
离开她而生存的生灵
在她怀抱里
藏有我们永远用之不竭的百科全书
我神情专注地凝视
看到的一切都很渺小
山岳一如落叶
轻轻飘落在我的脚上
仿佛感觉自己在变大
仿佛世上没有像我一样大的家伙
诧异地到处巡视着
仿佛看到生命在宇宙间凝固
我用现实的目光审视自己
我看到小于一切的一滴水
渗进，生活的无边无际
大海，空空如也
世界无比美丽而神奇

大得充满无敌的力量
在广袤大地上行走的人们
创造了不朽的文明
在生命的每一滴水上
闪耀着爱恨之光
时而燃如干柴
时而叹如冰的世界
大地慷慨地拥抱一切
包容了酸甜苦辣，爱恨情仇
生命的根扎在哪里
哪里就会敞开仁慈而广阔的胸怀
不论新苗是花还是刺
总会记录在神秘的页面上
不论生命的怀抱如何延续
她的笑与哭都会流露出来
在生命一望无际的空间
仿佛悬挂着希望
时而笑着走近
时而如闪烁的星星
生命在无门的笼子里
生命的箴言在沸腾
看不到任何感觉
拿来存放人心
生命是一个神秘的问题
答案的封条在血汗中

她既长又短
在每个技艺中解密
你瞧，这就是生命
她留下的是一个不朽的轮回
大地播下什么种子
她就会长出一棵什么样的青苗

柔巴依

1

可爱的祖国水肥地沃，
各民族人民团结祥和。
爱祖国才有欢声笑语，
英雄的儿女吉祥幸福。

2

可爱的祖国花团锦簇，
为了你我愿牺牲一切。
我的爱时刻为你而流，
离开你我将无法呼吸。

3

我的祖国繁荣而富庶，
光芒四射，普照大地。
各民族团结在你怀抱，
石榴籽般紧紧抱一起。

4

一时兴趣得不到欢悦，
随心所欲谁也不快乐。
幸福田全靠汗水浇灌，
美好时代靠劳动建设。

5

新时代大门已经打开，
领路人的话语重心长。
各民族人民团结奋进，
我的祖国奏响新乐章。

6

祖国吸引着世界目光，
人民幸福，光芒四射。
新时代迎来富强之路，
我们过上幸福的生活。

7

你如慈母，你如江河，
你怀抱着繁华的市街。
我们脸上沐浴着春光，
祖国燃起时代的火炬。

8

好钢需经过千锤百炼，
爱情需历经道德考验。
人类只有爱才能生活，
民族间手拉手才美满。

9

阳光照耀着大地脸庞，
英明的话语温暖心田。
只有祖国的繁荣昌盛，
人民才有自己的尊严。

10

玫瑰花瓣上露珠闪耀，
我们同跳欢乐的舞蹈。
无阳光鲜花不能盛开，
团结稳定世界才美好。

11

伟大中华金色摇篮，
同属一体无论何方。
倘若世界是金戒指，
我那绿宝石嵌戒上。

12

北戴河美景哪里有，
勤劳、安详又自由。
暖心巷道鲜花流淌，
旅游景点玫瑰盛幽。

13

安一路有百年石碑，
它是祖先智慧烽燧。
如在世界文坛讲述，
我五千年历史深邃。

14

观老龙头在山海关，
独立于世举世无双。
我自豪感光芒四射，
沐浴先烈爱民荣光。

15

各族作家欢聚一堂，
音乐奏响激情飞扬。
北戴河与帕米尔亲人，
盛情震颤幸福摇篮。

16

离开祖国我一无所有，
与祖国同呼吸共命运。
为实现祖国繁荣昌盛，
我不忘初心牢记使命。

库尔班汗·阿洪巴依的诗

库尔班汗·阿洪巴依

中国少数民族作家学会会员，新疆作家协会会员。1989年开始文学创作，先后在各级文学期刊发表诗歌三百余首，小说和散文作品多篇，其中一篇小说和两首诗歌作品被译为汉文，先后发表在《上海文学》等文学期刊上。诗歌《我的太阳之宴》曾获“汗腾格里”文学奖。

南湖

阳光在你胸脯轻轻荡漾，
闪耀着金色的光芒。
每一朵浪花都是历史佐证，
一个湖在东方波涛汹涌。

鲜红的旗帜闪耀着火焰，
红彤彤的光装饰着小船。
中华的黎明从那天开始，
伟大的党是初升的太阳。

平安颂

有平安才有欢乐，
人民的心踏实，生活富裕。
平安之花盛开在祖国的花园，
幸福之路永远畅通无阻。

脱贫攻坚取得胜利，
整洁的新房，装扮了乡村。
砖瓦墙闪闪烁烁，
地基是如此的牢靠坚固。

村村通了柏油路，
农民用上现代化交通工具。
牧民开着车在草原奔跑，
放心到达目的地。

城里街市多么繁华，
欢乐的歌声在回荡。
传统装饰与现代市景，
闪耀着文明的多彩火焰。

因为平安是心中的灯塔，
我们在祖国稳定的生活。
我们的中华是东方的太阳，
扶弱济困，脱贫致富。

色勒库尔的山

不是荒山秃岭，而是壮丽和神秘，
色勒库尔的山是神话和传说。
是鲁斯塔木[1]、库尔察克[2]的英雄形象，
在羚羊的瞳孔里有一千帧油画。

不是荒山秃岭，而是史诗长卷，
与色勒库尔的群山相连。
团结的雄鹰落在山峰上，
歌声与鹰笛混响。

不是荒山秃岭，而是库依纳孜[3]花、莱丽[4]花的装扮，
色勒库尔的山是个百花园。
犹如篝火般感受爱情，
山花烂漫，芬芳四溢。

❶ 鲁斯塔木：人名。
❷ 库尔察克：人名。
❸ 库依纳孜：花名。
❹ 莱丽：花名。

不是荒山秃岭，而是珠宝富矿，
色勒库尔的山是故园。
让世人认识到责任，
这是人民在诉说爱国和勇敢。

时间的劫数

川流滚滚，奔流不息，
生命的喧嚣伴随死亡。
生命也立刻安静告别，
犹如羽毛般飞向远方。

在清晨盛开的花瓣上，
寒霜的装饰瞬间弥散。
昨天刚刚出生的婴儿，
皱纹画出经历的刻印。

日月如梭，稍纵即逝，
我们拉不住它的衣襟[1]。
时间在聚会宴席面前，
就显得多么没有价值。

---

❶ 我们拉不住它的衣襟：时间一去不复返之意。

杏花

花儿如雪落入我怀抱，
沐着曦光，染红世界。
晨风吹拂起沉闷的心，
在田埂上拾起了欢歌。

攀上河岸悬崖的杏花，
宛若古兰丹姆的娇媚。
洪流汹涌，滴水清澈，
一首达斯坦沿河奔流。

雪

幻想着如约的青春，
你化作花朵进入我的心怀。

沿着我的回忆染上一行色彩，
你只站在那里得意地嬉笑。

灯反射出光在路上燃烧，
我仿佛踩着星星行走。

我对自己说，就这样等到天亮，
踏着雪，一夜梦的追忆。

我不知道，是不是我这么爱你，
抑或雪啊，你不期而遇爱上了我。

我们就这样在寂寥弥漫中度过，
无法表露隐匿的情感。

阿里甫·木沙的诗

阿里甫·木沙

曾任《喀什日报》《新疆日报》《工人时报》通讯员。20世纪90年代开始发表文学作品，诗歌作品曾发表在《喀什文艺》《塔里木》《新玉文艺》等。

柔巴依

1

用睿智目光去观世相，
从瞳孔窥探无数箴言。
真理给你力量与智慧，
你的事业会顺理成章。

2

我朋友一向贪求财富，
从来不想去破万卷书。
人类无尽财富是知识，
照亮智慧的明灯华烛。

3

为颗粒丰收汗流浃背，
农民最懂粮食的可贵。
良好性情是无价之宝，
珍惜粮食莫铺张浪费。

4

为积蓄钱财南贩北贾，
到头来钱在世你归土。
知识德行是你的选择，
德隆望尊，传世之烛。

5

你在花园多种郁金香，
春天开花时飘香四方。
为后代留下生活足迹，
名垂千古，百世流芳。

6

懒汉做事总推三阻四，
找各种借口推诿扯皮。
果园靠园丁汗水浇灌，
百花盛开，色彩艳丽。

7

世界只是人类居住地，
来是欢乐，去是劫数。
人生旅程是短暂一瞬，
愚留痛苦，智留警句。

8

不要抱怨冬季的严寒，
雪花的爱情滋润丰产。
大自然的规律既如此，
春夏秋冬，昼夜轮换。

9

莫在无水高坡上开荒，
即使你耕耘也是瞎忙。
与其爱不忠贞的恋人，
不如一个人顾影自怜。

10

趁着年轻多学习知识，
蓄积力量活得有意义。
若珍惜过去每一瞬间，
从劳动中获幸福安逸。

11

冰山雪绒松耸入云霄，
风狂雪虐，不屈不挠。
拉齐尼精神时代楷模，
扎根人民心中永繁茂。

12

快乐钥匙握在你手里，
找不到它，你在哪里？
快乐来自平安与健康，
在辛勤劳动中多获益。

13

孩子是希望园里花朵，
没有他日子没有欢悦。
我是园丁我为他操劳，
我生命之歌唱响福乐。

14

为国为民的开路先锋，
抛头颅洒热血冲锋陷阵。
他们的精神流芳百世，
历史诗篇不朽的英名。

15

趁年轻我和创作结伴，
每件事我都认真掂量。
不会失去每天的快乐，
一朵郁金香在我身旁。

16

你若为群众开诚布公，
群众也祝你万事亨通。
你心里为群众留位置，
你生命中会马到成功。

17

丰收的小麦是摇钱树，
不精心侍弄哪来收入。
那不惜辛勤劳作的人，
粮食满仓，心静如湖。

18

尊重你的人值得珍惜，
黑暗的心藏不住仁义。
人与人交往中见真情，
那是你的智慧和素质。

巴图尔·阿塔汗的诗

巴图尔·阿塔汗

中国少数民族作家学会会员、新疆作家协会会员。20 世纪 80 年代开始文学创作，先后在《民族文学》《民族文汇》《西域》《天尔塔格》《塔里木》《喀什文艺》《新疆青年》《新疆妇女》等报刊发表诗歌和散文作品。著有诗集《塔吉克人心目中的我》《诗人的世界》，部分诗歌被译为汉文。诗歌《历史给我们照相》被评为《民族文学》杂志优秀作品奖。

南湖

在你飘荡的那艘小船上
诞生了一个伟大的党
你是人民的太阳
驱散乌云，重见光明
向着祖国散发温暖的阳光
你开创了信仰的道路
在英雄的道路上鲜花盛开
祖国的今天与你同欢笑
人民自豪的笑容
傲然屹立于世界民族之林

这里是，帕米尔

难道所有的事情都有目的么
我望着山，不由自主
站着。你看那云
有白，有黑
一眼望去是浅灰
天穹下
有地方如蔚蓝的大海

这里
是著名的“世界屋脊”
它的名字叫帕米尔高原

这里
一定是离太阳最近的地方
冰川和绿色草原
峦谷涧水粼粼
雪莲花，五颜六色的野花
共同呼吸

这里生活着塔吉克人
我想把他们称为“帕米尔人”
从穹庐田畴的云堆里
我拥抱一捆善良
晾晒在你心中的麦场

金色的阳光绽放笑脸
巍峨的山峰
幻化成他们的躯体

以迷人的滚滚波浪
繁衍出片片绿洲
泽拉甫香河的波峰浪尖
荡漾着他们爱情的波浪

他们用鹰翅骨
做成鹰笛吹
跳鹰舞
这是祖传的护身符
他们互亲手背的姿势
重现人类生命的珍贵

他们牧羊，守边
一双双机警的眼睛
巡逻在四面八方

雄鹰翱翔
从他们起飞
向着祖国展翅
直到永远

瓦罕走廊

高原云，高原山
高原呼吸困难
高原日头
高原夜

跟它染上黧黑的脸庞
终年积雪，冻得打嗝
河流的血管无节拍波动
以风的语言
咩咩叫的石羊
狼正在做着作业
长毛的牦牛
热与冷的秉性
沆瀣一气
报春花、鹿铃花、百合花……
在过去的足迹上
望着今天嗥叫
自东向西
蠕动着的蚕蛹
从它尾巴延伸出来

一条柔软的丝绸之路
瞧，这就是你的词典

读着。翻开日子
走着。我捡起你的
一块石头
一大包时间
在我衣兜里呼吸
我从你杜撰的
神秘童话故事里长出的
锋利的牙齿上
将我的思绪哧哧啃噬
时机与时机的感受
从心中升起
云雾缭绕
编织
如三月的图画般
美丽的丝绢
挂起历史的灯笼
敲响心中的锣
在巡更片刻
夜深人静时完成这首诗
在我的血管里
丝绸之路
如鸟羽般泛起欢腾的涟漪

塔什库尔干河

看着你
我心中的沟壑
流淌。永不停歇
爱情，忠诚
对我自己说
在我血管泛起
如你尊容般的粼粼波光
把爱的旋律带回大地

一树一草根
如大地史志般的志书
仿佛你写就
岁月足迹上的生命喧哗
永远盛开的花朵

没有你
我干渴的戈壁
没有绿色，永远荒芜
哦，仁慈的
雪山下的涧水

你追我赶。把你
汇流成河，奔向远方
你的灵魂是另一种色彩
唱着歌
在我心中澎湃荡漾

山

大地
给你装上慈祥
给你力量，让你屹立
我看到，我的血在加热
你给了我，每一天的灵魂

啊！父亲，你是我的依靠
我来自你
锤是我的拳
碾碎艰辛的钎
生活蜿蜒
有我诗行的溪流
涛声弹奏心扉

你站在天空的屋顶上
我是一个家的顶梁柱
风吹日晒。当你
遭遇雪狂雨骤
你生活着，满不在乎
那么沉稳，傲然挺立

当了爹
摊开你的书
学到呵，山

我爸是山
比你还高
云端的台阶
延续足迹

天空的岛屿

没有波浪的蔚蓝色大海
海洋之上的海洋
把云朵，不
把片片洁白的岛屿
夹在胸前
直盯着天空
在雪域高原上
眺望岛屿
有时围上，岛屿的围巾
山如青年男子般巍然屹立

有时，如我的情感波动
颜色变黑
相互耍威风
在冲撞中敲锣打鼓
直到让蓝色的大海战栗
洒下寒冷的泪
或者向冬季的童话世界
馈赠晶莹剔透的花朵

岛屿，在大海怀抱
漂浮游弋，如棉花盛开的棉田
风，骑着一堆堆棉花
在我激动的心里
纺成诗行赠你

亲切的牧羊人

整整一个冬天
独自一人在野外
在冰玻璃上玩冰刀
并变成
在高山上的
白花花麸皮状的瘦羊群

为了返回草原
时而高喊，时而吹口哨
向着大自然的羊圈
手持掷石索
春风飘然而至
去牧放那群羊

夜韵

今夜
在大地的酒杯里
月光满溢
咕咕吞下，无声无息
它背起静寂

无数星鸟
在黑暗的枝头
望着大地咕咕叫

摇下的树叶
在峰顶的雪上打滚
夏天的风冰凉
放飞秋天的纸鸢

我的头发
偷了云的颜色
我睡了一顿饭工夫
镜中的脸
沉默，如陌生的自己

来过塔什库尔干的人

重观生命
滤过的天空，拥抱心灵
那个清凉的早晨，唤醒太阳
纯洁的空气在血管欢腾

从心内往外走
疲惫的自己留在一边
感觉挂在云彩上玩耍
雪山，心的眼睛在草地

九曲十八弯的天路间
寻觅对生命的追问
受损的灵魂链接伤口
治愈患者，找大自然医生

在石头城堡前
与大唐高僧相遇
握着吸烟斗的斯坦因的手
谁说不与其一起照相

最美的瞬间，最美的机会
喜欢与雄鹰比翼高飞
鹰笛声声，光灿灿的姿态
绚烂的一个夏季，鲜花盛开

宛若棉花般漂浮，轻松自如
谁都看到自己在云端
回忆上到天上
来过这里的人，也许一辈子……

蟠龙古道

一条龙
把自己的身体蜿蜒
绕着天柱
爬向高顶

时间
在云间打滚
爪子掐进去过
悬崖上滴答着爱情

世世代代
从早到晚
以一种姿态移动着
生命
雨雪，在水与火中
置入游戏
不直，或者成不了直
从目的地到目的地的路
最有节奏的心跳
在轮下听到

弯弯曲曲
写着自己的意思
龙

相思书

把你的气息放入风
香气
穿越田野
你若吻我的心

在这里
有一个高原
浑身是雪
欲捅破天幕过去

染满春色的牧草
鹰翅掉落一个温暖的灵魂
经典乐曲拥抱着清澈溪流
亲切弹奏美丽大地的血管
我在盆地想你

我在这里
在河边
我在鱼的反面想象
然后我用双手

小心翼翼地捧起
放入我的心池
看着你一生一世游弋

倘若你是夏季
那就对我淅淅沥沥地下吧
倘若你是秋天的树叶
那就让我把心化作泥土的一页
你纷纷飘落的雪花
期待已久
我思念，思念你
我等你的气息
白天与又一个夜晚

十四行诗

1

我是生命的主人，我是爱的主人，
岂能屈从于无情的人，贪婪的人。
倘若我活得让人失望，
给我的子孙后代留下骂名。

迷途的许多东西已经表明，
后悔莫及，栽下悬崖峭壁。
交易得到的尊敬从来都是假的，
黑心人得势厚颜无耻。

倘若我们相互给点阳光和光明，
人人都会感到太阳的温暖。
送人甘露比什么都伟大，
这是一个同呼吸共命运的人间。

生命向你呈现我最纯洁的心，
我知道你的价值绽放的花朵。

2

何人不是像我一样骑马，
我来是真的，至今骑着年。
走过少年，走过青年，不再年少，
见多识广，如今我们即将到达彼岸。

岁月匆匆，毫无倦怠，
奔跑中歇息，获得力量。
这个生命的规律多么顽固，
它让你吐出嫉妒的叶片。

人走过，抑或留下足迹，
岁月无法将它消亡。
用汗水铸牢的根无坚可摧，
风暴摧残也枉然。

我想说：我是你们不老的岁月，
纵然我老去，你嘴里也有我的果实。

3

许多颜色中有白与黑，
我会选择谁做我的同伙。
我只想选择白色，
世上只有脚踏实地才能生活。

黑心人，两面人臭名远扬，
背这种臭名的人劣迹斑斑。
母亲为何用自己的乳汁哺乳，
她傻么？母亲的心在儿女上。

只有一句箴言，或在乳汁上或在雪上，
用白色把人心洗白。
倘若人心染上黑色，
爱情将会死亡，世上的火焰将会熄灭。

白色在每个人心里，在你我心里，
在春天里百花齐放，香飘四野。

4

我仰望苍穹，眼前是茫茫星空，
夜的眼睛望着我噼啪作响。
仿佛晶莹剔透的葡萄，
它们把自己悬挂在天际的枝蔓上。

倘若太阳昨晚没有沉落，
星星就不会在此眨眼。
她无语，我想闪亮划到你身边，
独自冲向晨曦初升的地平线。

太阳想对你道声谢谢，

你走时无声无息地隐退。
离别时恋人们定会叫苦不迭，
吵闹声中哪有爱人等待？

美丽的夜晚恋人们如愿以偿，
一个透明的歌谣在眉间滚落。

5

生命中我知道人的伟大，
称之为“人”，因为这个无价之名。
培育花朵，修补残破的心灵，
离开人将会一事无成。

但是，人与人绝对不一样，
有人变化万千，钻进一朵花。
用花的芬芳振奋世界，
他们兴致勃勃，欢呼雀跃。

有人不是钻进一朵花，而是一根刺，
咬牙切齿地刺伤心，流着血。
生活空间被痛苦的呻吟笼罩，
如万箭攒心，日夜吞声饮泣。

因此我想说，别玷污了人之伟名，
呼唤人们做一朵芬馨的花。

6

我想成为一座巍峨的山，
站在高空俯瞰世界。
可是云在头顶耍我，风在打我，
我遭遇风吹，雨打，日晒。

我想成为一座山看来不易，
高度或是一种兴趣，甜蜜的兴趣。
每走一步都有雪暴雨骤，
我想走进果园，成为哪枚果实才快乐？

可我在此一不小心就被虫蚀，
啃食一空，我的甜味我的芳香。
我想成为一条鱼，走进河海湖泊，
在我走过的路上都是鱼钩和鱼网。

总之，人生路上有风也有雨，
但是，爱情可以带来幸福。

7

你将自己投入无限的爱情之中，
在有限的生命空间里爱情无限。
倘若没有爱情，世界枯燥乏味，
你的一生中也达不到她的界限。

你爱你的母亲，也爱你的父亲，
同样喜欢你的妻子和你的孩子。
衷心歌颂你的祖国和你的朋友，
太阳每时每刻都在亲吻着你。

爱情的甜蜜让你眉开眼笑，
无论富裕还是贫穷。
为了爱情，你将劳累一生，
但是爱情会激发你生活的激情。

愿你的爱情地久天长，
愿你的品行与世长存。

8

有人怕我受苦，我说受苦也罢，
这是我的心愿，我愿意。
我的良心建起了房屋，
这房屋谁都可以住。

四季中的三季作为我的心窗，
让别人看我春夏秋季的风景。
我把太阳安置在我的心空上，
直到我白发苍苍也能够发光。

一切群众都是我生命的财富，

为你们而活着是我的荣誉。
尊严和良心就是对我的命令，
为你们服务一生是我的幸福。

冬季是四季之一，是我心中的仇恨，
谁若伤害群众，我就将他冰封雪裹。

9

诗人的灵魂是永远的信仰，
对每个人都是平等和幸福的祝愿。
太阳教他自己如何发光，
让爱情早早晚晚把他的诗歌照亮。

诗人用笔抒发自己诗歌的洪峰，
想象在长空展翅飞翔。
纵使他住在部落或者草棚，
绝不为个人利益而把良心出卖。

朝拜真理的太阳，
背负大众的希望。
若遇疯狗的狂叫，
投以愤怒的石头。

诗人之灵，诗人之心是世界的太阳，
他的光辉温暖着祖国的山川河流。

艾比巴·依明江的诗

艾比巴·依明江

中国少数民族作家学会会员，当代塔吉克族青年女诗人。20世纪90年代开始文学创作，作品先后发表于《民族文学》《民族文汇》《中外诗人》《喀什文艺》《喀什日报》等，有诗歌被译为汉文发表。

南湖

一个世纪前，在南湖升起的太阳
驱散乌云，千年锁链一斧劈
唤醒中华儿女，走向富强
党的恩情深似海，各族人民心向党
祖国的边疆帕米尔高原鲜花似锦
黄河和泽拉甫香河漾起和谐乐章
北京和塔什库尔干充满欢乐
红旗迎风招展，各族人民团结和睦
泰山、天山、慕士塔格山
沐浴着南湖红色的光芒

请你再到慕士塔格来做客

慕士塔格像一位稳重的老翁，
身着白缎对襟长衫。
历史在长衫的丝线上，
如仙女的发辫。
她永远是太阳的知心朋友，
光在诗行中书写童话，
童话中是神秘的叙述，
如先辈们永不消失的足迹。
把经历埋在心里，
用眼泪写成挽歌，
如果你想了解历史，
来吧，你去请教慕士塔格。

不知疲倦的雄鹰驱散云雾，
欲与天公试比高，
羽毛上是后裔的目标，
从远处可闻到香气。
你若想看到忠诚，
你就去看雄鹰的眼睛。
不怕风狂雪暴，

雪莲花在寒冬，
告诉晨曦中的露珠，
她对雪的信仰。
诗人的描述，
闪烁着珍珠般的真纯。
你若想知道真正的忠诚，
你去请教雪莲花吧。

你若想问真正的友谊，
帕米尔人的心里最清楚，
爱的流淌，翻山越岭，
如摆放在波浪上的珍珠。
亲兄弟般欢迎，
请你再到慕士塔格来做客。

望着幸福中盛开的花朵

在生命的交响曲中，
一束强烈的光在流淌。
在灵感的炉中，
吻着冰川，
甚至岩石，
我冶炼过的心正在被熔化。

我的笔记本上落满灰尘，
在暖春的呼吸中，
如珍珠闪烁，
似旭日东升，
为神笔骏马铺开地毯。

纸和笔，如前攀谈，
拥抱生命中的小路，
关于现今和往昔。
仿若春雨，
缠缠绵绵，
喁喁私语，
关于大自然的友谊。

生命亮丽的叶子，
从心门探视。
在诗行上飞翔，
望着幸福中盛开的花朵。

如果我的眼睛是我的梦

我不知道，
天上还是地上的星星在闪烁……
那个夜晚在我的梦里，
如果遇到你的那些眼睛，
微风弹奏我的心弦，
光在诗行中会折射出怎样的诡谲谜语？
寻找答案，
把我的思绪带往何方……
如果我的眼睛是我的梦，
又是你的眼睛讲述我的梦。

如果那雪落在我心里

如果那雪落在我心里，
在它柔软的花瓣上，
我要建造一座坚不可摧的宫殿。
把一切烦恼关在里面，
我要用无钥匙的锁。

如果那雪落在我心里，
我要取着色的样本……
在我脸上的日子里融化，
在我心中漫长的道路上，
像帕米尔河一样流淌，
我会把它带到沙漠去。

如果那雪落在我心里，
它们是雪，我是一个纽带……
加入我透明的太阳，
旭日从山上升起。

如果那雪落在我心里，
在我心里筑起一座白塔。
将它流过春季，
我会把春天引进戈壁。

奥林匹克精神

梦想紧扎在你的腰带上，
苦练中争夺荣光。
你若去北京，
你迈出的每一步，
在历史的扉页插上翅膀。
你凯旋归来，
如歌飞扬。
伟大的祖国，
在你的路上撒满爱的花朵。
你若感到冷，
在冬天的眼睛里，
在冰川之上，
春天在向你微笑。
奥林匹克，奥林匹克
盛典。

她，在国家间，
将神圣的友谊，
播撒在心灵之上，
结成牢不可破的纽带。

因此，我们站在遥远的帕米尔，
遥祝祖国的勇士，
每个人都取得骄人的成绩。

阿布都热依木·努肉孜的诗

阿布都热依木·努肉孜

新疆作家协会会员，喀什地区作家协会副秘书长。20 世纪 90 年代开始文学创作。代表作有《我只呼唤爱情》《诺鲁孜之声》《塔吉克族图腾文化》等，发表在《民族文学》《上海文学》《民族作家》《中外诗人》等刊物上。

南湖

南湖，
十三位先辈在一艘小船上，
缔造着红色幸福的理想。
无论是酷暑或是严寒，
你的清晨亲吻着地平线。
你的怀抱里隐藏着神圣的大爱，
熊熊燃烧的火炬一样。
照耀着帕米尔的每个角落，
你是光明的归宿，
你是我永远的东方。

诺鲁孜之声

你的脚步声不约而至
你的歌是探入春汛的游丝
摇摆出绿色，风情万种
你带来讯息，陶醉了春天的晨曦

你的步履婀娜多姿
帕米尔跳起鹰舞，传来鹰笛之声
抑或倾吐诺鲁孜的花儿赛乃姆
与你从冬眠里走出来的爱情晨曲

你的脚步声如磁牵引
转身，发现太阳停在枝头
季节的娇子在奔跑，抑或是爱神
难怪世上这姹紫嫣红只属于你

你的脚步声，抑或是心之波
灵魂安排一次放逐。悦动
欢快的节奏，风流刮心尖
你跃进我的心室，轻轻摇曳

诺鲁孜气息

你是绿色的音乐，悦耳动听
激越的音符热血沸腾
你是火红的叶子，沉入太阳
尘世的快乐连接天堂

洁白。纯洁。在你身上泛浪
你的白，是闪烁的雪莲
也许你站成一棵精神红柳
寄希望于亲爱的明天

你的容貌分外妖娆
看不清你的任何瑕疵
你的语言精妙绝伦
你的回眸春暖花开

你散发出生命的气息
你从冬眠中醒来
挪一挪身，掀开了泥土被子
春风吹乱我的诗笺

你的春天里水波荡漾

我还从未写过诗歌
只为你，只为你而写
我把心当太阳，停在枝头
把爱和阳光送给你

你的春天里水波荡漾
音乐是你的细语呢喃
陶醉于天空的启明星
你呼吸着诗歌的味道

你的春天里水波荡漾
雪莲花吻着地平线
你如金色帷幔
诗歌是一种美丽的情感

你的春天里水波荡漾
你在波浪间播撒春光
你是想把绿色的诗播种
那是我心中的祖国，我爱她直到永远

塔吉克人的味道

你怀抱着泽拉甫香河的波涛
有如驼铃声声
折射出帕米尔的恢宏
祖国在你的歌声中欢笑

苍劲的魂魄在你身上汇合
翱翔的雄鹰是你永恒的自由
警觉和勇敢渗入你的骨髓
你那迷人的身姿依旧在岩壁闪烁

你的热血化作灵魂飞翔
太阳升起的早晨变成身体
从崇高的信念中冶炼出生命
你是冰山抑或雄鹰的象征

岩画讲述着遥远的历史
羚羊犄角，牦牛尾巴
每一步都能照亮你的行迹
把塔吉克人的味道传向四方

为后代，你是神圣的传统
抑或精神之花芳香四溢
我也沿着祖先开启的路
把石头城建到遥远的地平线

城里的小路

寒风的思绪缠绕着你
穿行在五彩缤纷间
你的渠沿上没有芳菲的花
甚至，谁也不知道你的名字

孩子们不会去看你的渠沟
从你那里听不到赤脚的声音
听不到鸟儿们的啾啾
甚至听不到少男少女们爱恋的声息

可是，从你身上闪烁
千万个历史的映射，在你的足迹上
太阳每时每刻，亲吻你的脸庞
那是爱情点燃的火焰

冰山之歌

你的心里只有春天么
花儿对你绽放笑脸
春雨亲吻，冰雪埋去
暴风雪吹来，你的身姿巍然屹立
我惊叹：它是谁，它是什么
莫不是大海赋予你岿然不动的气概
你有不凋谢的梦想，不可磨灭的希望
你是永远的火焰，你是永远的爱
你战胜怯懦、柔弱和无奈
成为永远的精神典范
绿色的爱情只属于你
故土的爱恋属于忠贞不屈
在永不消失的历史书页上
你的英名光芒四射

太阳的女儿

女儿说
阿爸，在这条河流里的不是水，而是石头

犹如大山生出的霞光
多么葳蕤
心里盛开希望
令人陶醉，令人感慨
眼里射出太阳的万丈光焰
柔情似海，仁慈无限
每个足迹都留下花的芳菲
离太阳那么近，与太阳嘻嘻哈哈
时时刻刻都是太阳的女儿

胡达亚尔·买买提亚尔的诗

胡达亚尔·买买提亚尔

人民文艺家协会会员，中国少数民族作家学会会员，新疆作家协会会员，新疆维吾尔自治区民间文艺家协会会员。20世纪90年代开始文学创作，共创作发表560余篇诗歌作品以及散文，作品发表在《塔里木》《喀什文艺》《新疆青年》《新疆日报》《中外诗人》等刊物上，有诗歌作品被译为汉文发表。

南湖

一百年前，十三位先辈
在南湖的一艘船上
点燃了神圣的火把
她不是火，而是金色的太阳
多么温暖，多么平等
照亮了整个世界
她让祖国无比强大

山之情（组诗）

山歌

我生于山，
像山一样傲然屹立。
我以山为启示，
心中充满欢声笑语。

山赋予我骁勇，
山锤炼我意志。
我歌唱山的旋律，
在群峰间回响。

山是我的精神慰藉，
我是山的收获。
我在峰峦翱翔，
哪怕艰难万险。

我骄傲，我生于山，
像山一样永不折腰。
我自豪，我的心，

唯与山峰试比高。

山魂

山教会我尊严，
灵魂充满坚韧。
山教会我微笑，
我从此不再忧伤。

山教会我火热的爱，
我有了爱的力量。
山教会我等待，
锤炼了我的意志。

山教会我骁勇，
我在祖国怀抱找到了幸福。
山教会我翱翔，
我永远像山鹰一样展翅飞翔。

山鹰

你翱翔长空，
从不畏惧悬崖绝壁。
雪峰与蓝天，
与你亲密交谈。

最勇敢的人，

有时也不如你。
山鹰骁勇刚强，
不知我能否成为你的知己？

石头城是我的爱巢

石头城是我的爱巢，
我生在石头城是真的。
每块石头都是无价之宝，
祖母绿、宝石、青玉、水晶石……

石头城是我金色的摇篮，
每块石头上都记录下我的幸福。
宏伟的石头城堡有如皇冠，
见证无数神秘的传说。

石头城是我智慧的源泉，
我心中的欢乐冲向蓝天。
每块石头上都有祖国的味道，
有如闻到龙涎香。

石头城是我可爱的故乡，
她是离太阳最近的地方。
在她怀抱，幸福的微笑，
昼夜不停地荡漾。

若不相见，心隔遥远

亲爱的，我对你如此痴心
而如今，爱你的心已燃烧殆尽
你好似为我盛开的鲜花
孤独中你给予了我爱的心

如今突然间，你我缘分尽
离别使我们如此悲痛
痛苦已淹没了我的身体
诀别使我心灰意冷

抛下你我远走他乡
你留在这里却已把我遗忘
我无法承受离别的悲伤
伤心的泪水已蓄满眼眶

你的心也如此惆怅
我已看到你双眼的泪痕
可都已过去了一个月
我怎么还得不到你的信息

我没为你的无情而抱怨
只为自己的信念而哭泣
是否就像古人说的那样
若不相见，心隔遥远

吐尔地白克·买买提白克的诗

吐尔地白克·买买提白克

新疆作家协会会员，鲁迅文学院十二届高级研讨班学员。20世纪90年代开始文学创作，著有诗集《水晶杯》，作品发表在《民族文学》《民族文汇》等文学刊物上，有作品被译为汉文。

我·鹿铃花·你

当我迎着太阳走来，
一枝鹿铃花插在了我心头。
当我在路旁小憩，
从那盛开的花朵看到你的脸庞。
鹿铃花低声悄语：
“让我们一起到白头！”

或许，我们走向同一个目标，
你，我，鹿铃花，
咱们仨走的只是一条路。
背负广袤草原的爱情，
背负无限的希冀。

当我边走边仰望星辰，
鹿铃花跳起舞来。
你那火焰般的红裙，
渗透娇嫩的鹿铃花瓣。
湛蓝的八月，抚慰我的心。
湛蓝说：
“你去哪儿，我跟你一起。”

当我在晨曦间焦渴时，
鹿铃花瓣上纯洁的露珠
靠近我的唇。
你露珠般透明的唇，
轻轻滋润我的唇。
露珠说：
“让我们化为血脉中透明的歌
一起在河谷流淌，
一起在心间流淌。”

当我融化在你的眸子时，
世界鹿铃花般镀上了淡蓝色。
小路缠住了我的双脚，
羊儿跳起欢快的舞蹈，
鸟儿鸣啭，汇入大山的合唱……

冰山之歌

谁都不理解冰山，
这里的勃勃生机，
这里如冰山的生命。
山峰怀着花儿的希冀，
涧水哗哗流淌，颂扬巍峨。

牦牛打着响鼻，
吓跑老虎。
我本身的野性，
我岩石般坚硬的骨头，
与山峰竞高。
在悬崖，在山坡，在山腰，
石缝中长出松柏，
雪豹的尾巴和豺狼的獠牙，
盘羊的机敏，
鹰隼的骄傲，
巍然屹立的群峰一一相望。
从怀里流出炙热的爱情，
冰下火焰般流淌，
用自己的语言自说自唱。

途中的我

青紫的帕米尔香堇花
如塔吉克童话
在微风中轻轻摇曳

我
与柏树上的
山雀子
低声密谈
轻轻打着呼噜
骑着牦牛走在羊肠小道上

我的童心，我的童趣
柏树枝交头接耳
讲述我的青涩时光

羊群一如既往地咩咩叫着
是我喜欢的声音
仿佛听到牧笛悠扬
是我喜欢的乐章

我拉紧牦牛的鼻栓
陶醉于我心中燃起
初恋之火的那个牧羊女
悠扬的鹰笛声中

在途中
牦牛喘着粗气
我沿着祖父开辟的路
继续向前……

最后的一块地

和往年一样，
父亲还到山谷那块地去种麦。
驴驮着犁，
他自己背着麦种，
赶着耕牛往地里走去。

这块地，
是祖父留下来的最后一块地。
其他人都把谷地整成草地，
只有父亲每年种麦子。

牧人累了来到这块地里，
在地中间的大杏树下纳凉，
把驴放开在那块地里。
他们用石头打酸杏子吃，
麦子被踩踏，
剩下的喂了鸟雀，
最终连种子都收不回来。

“父亲，别再种那块地了吧，

您付出了辛劳，却得不到收获！”

父亲一听便来气，
脸一变，愤然道：
“那块地，是祖传的一块地！
有先辈们付出的艰辛！
有给我们留下的宝藏！
这块地也有虫鸟的一分子，
给焦渴者水喝，给饥饿者饭吃的人，
该有多大的善功啊！”

父亲赶着耕牛往地里走去，
驴驮着犁，
他自己背着麦种，
缓步走着。
而这最后一块地，
笑眯眯地迎上前来，
鼓掌欢迎，翩翩起舞，
鸟儿也唱起欢乐的歌。

你流着泪送我远行

当你流着眼泪送我远行，
离别之苦使我身心破碎。
我挣扎着要向你道别，
请求上苍给我勇气。

当你流着眼泪送我远行，
心灵像玻璃碎片撒落在路上。
也许在那没有情人的城市，
我会为所有的孤独者守望。

当你流着眼泪送我远行，
晚霞抚摸我们憔悴的身躯。
你留在这里，无情的客车，
带着我，向陌生城市奔去。

斯提瓦力地·依明江的诗

斯提瓦力地·依明江

中国少数民族作家学会会员、新疆作家协会会员。20世纪90年代开始文学创作，作品发表在《塔里木》《天尔塔格》《伊犁河》《新疆青年》《喀什文艺》《喀什日报》等文学刊物上。《帕米尔》《向往春天》《冰雪之季》等诗歌用汉语创作并发表。

我的每一行诗都在歌唱祖国

我呼吸的空气
我走过的路
我大口大口地喝
清澈的水
让我幸福地笑
我的所有都是祖国

鸟儿鸣唱的歌
水的声音
给我爱的阳光
我的所有都是祖国

太阳的秀发
温暖大地的心怀
如阿婥脸上发出的光
让我的心中充满热爱
我的所爱都是祖国

我的足迹上长出朵朵鲜花
欢乐的暖流涌上心头

到处充满幸福的气息
这是祖国给我的恩惠

因为有我伟大的祖国
我才不怕吃不饱饭
我才不怕穿不暖衣
我成长为一个男人
我在吉祥中成长

我的每一行诗都在歌唱祖国
因为有了伟大的祖国
我心里生长出快乐
幸福的路上盛开幸福之花
嘹亮的宣言
在我身上汹涌澎湃

祖国，你的怀抱
是我温暖的家

红其拉甫呼唤你[1]

等待着的儿子会不会来
红其拉甫达坂忧郁地坐着
冰雪覆盖的吾甫浪沟山腰上
闪耀着拉齐尼的足迹
泽拉甫香河
紧紧搂进帕米尔怀抱
静听拉齐尼留在
乔戈里峰路上的
脚步声

慕士塔格阿塔
把白云当作丧服披在身上
静候在他的路上
骑着牦牛
遥望拉齐尼什么时候回来
可是他
踏上了永远的旅程
亲爱的民众

---

[1] 为怀念拉齐尼·巴依卡而作。——编者注

为你悲恸

帕米尔的山沉重地呼吸
以白云抹泪
祖国骄傲的儿子
以英勇的精神
以牺牲自己为代价
勇救两条生命

英雄的精神
在他的灵魂里
是他祖先留下的
财产

舍己救人
在最后一口气
顽强地
呈现

我们的一位勇士
一位英雄
过早地离开了我们
我们的心已碎了
他，是帕米尔上空
一颗明亮的星

他，是乔戈里峰勇敢的儿子
他，是红其拉甫优秀的后裔
他，是塔吉克族人民的骄傲
他大无畏的精神
鼓励我们
继续循着他的足迹前行
他永远活在我们心中
他留在祖国边境的足迹
是永远的灯塔

雪莲花

在雪山
飘雪的季节
与雪争俏
千万个花瓣在闪烁
帕米尔绽放出一朵花

太阳的温度
拥抱着大地
蓝天水灵灵的眼睛
化作雨
淅淅沥沥
因着大自然的慷慨
雪莲花盛开

雪花
燃烧的唇
拥吻着雪莲花
雪莲花
如塔吉克姑娘身影靓丽

她笑嘻嘻地东张西望
深深地呼吸
因重生而感到无比自豪
把头轻轻依偎在大自然母亲怀里
世界多么美丽
多么纯洁
因为充满爱而欢乐
生命再次展开
青春伴着壮丽
在微风中翩翩起舞

她在大地上生长
劈开石头的怀抱
把温暖和馨香
慷慨播撒到整个世界

在她生长的土壤里
生命如同河流条条奔涌
爱情之花如雪盛开
还不知道雪会开花
还不知道雪中会有花绽放
大自然的伟大
最高尚的爱情
原来就在这里产生

风弹奏着热瓦甫

你要去的地方，铺上了迎宾毯
生命在我的掌心里展翅
你翻过我生命的一页
靠着石头而坐

在你想过的河上
用我的睫毛搭座桥
倘若你想化为星星
拎着我的祝福逃走

路心弯弯
梦想牵着我走
太阳沉入地平线
你会来对我撒娇

风弹奏着热瓦甫
在云的炫唇下
山也会手舞足蹈
我沐浴在河中

你会来，你一定会来
在我指甲缝里开花时
你会来，过了冬季
大约在石怀里长出心

秋季

再见秋天，不期而去
只剩下嗖嗖的风
鸟儿扔下翅膀上脱去的羽毛
在我掌心，像我一样遐想

记录生命的书页
一日一行地去读
我只写一个字
还要为明天写一首诗

落叶枯黄的颜色
在我指甲下撒娇
浓浓的静寂渗入我心中
乡间小路牵着我的手行走

大自然给心儿铺上迎宾毯
金黄的落叶翩翩起舞
我要用我的劳动建造一座宝塔
接下来我要与时间搏斗

鹰笛

鹰笛声陶醉了手指
沉入心灵
吹奏的音乐在我心弦震颤
这首达到高潮的乐曲停留在河内

山峰也把鹰笛握在手上
在河的身体上弹琴奏乐
风的袷袢飘飘荡荡
云朵一团一团轻歌曼舞

有一首曲子海浪般飘逸
直入心灵
这首曲子是我们幸福的爱情
镌刻在戈壁石上

我陶醉于那首如美酒般的曲子
鹰笛的高潮石破天惊
我像渗入大自然的一滴水
山峦、河流吹奏着鹰笛

你的眼睛

我进不了你的心
可你眼睛的窗为我打开
我进不了你的门
可你梦的窗为我打开
进入你的梦
我要把你的眼睛当作落脚之处
你眼睛里的爱情之酒
浸过大海
给了我一滴生命的甘露

你闭上眼睛，我站在你的睫毛上
你若睁开棕色的眼睛
我将千万次穿过你心的海岸
跨进幸福的门槛

跑到我的前面
眼睛中你的眼
海洋汩汩燃烧
峻峭的山轰然倒塌
生命在你眼里转换

你的眼睛
使我沦陷

我看不见你的眼睛
在你眼里我的骨头咔嚓断裂
你的眼睛牵着我的睫毛
带到爱情城墙的
绞刑架前

你的眼睛是无垠的戈壁
你的眼是熊熊燃烧的火焰山
你的眼睛给恋人灵魂
你的眼睛是无限的小路
你的眼睛是对准我心的鞭子
哎，帕米尔美女
你的眼睛
将我引向爱的海岸
海鸥又在讲述神话
我杯中的猎物
只有爱情之星的眼泪

山路

清晨的太阳
嘴唇紧贴着群山的脸颊
给万物带来无限的爱
层层洒在我的路上

如龙盘踞
覆盖着厚厚的雪
羊肠小道
把死亡的恐惧
楔进我脑子里

雪覆盖的路上
我在寻找人生的目标

我站在最高的山峰上
离太阳那么近
与大自然融为一体
看见太阳
我跟太阳融入在了一起
在山与太阳之间变成了光

这里没有海

我还没见过大海
抑或我梦到过蓝色的大海
因为我最喜欢大海
我追逐着梦的影子

我还没见过大海
云从大海跑来
我没抓住过它的头发
我对大海有深深的情感

我还没见过大海
但我的感觉里波涛翻滚
源自帕米尔的条条河流
也终归大海

我还没见过大海
只把它的名字嵌进我心里
我只见到过沙海
在那里沙丘晒着太阳

我还没见过大海
海不过是我心的叙述而已
慕士塔格山下的小湖
我有时把她猜想成大海

来吧爱情，坐在我心里

用鸟的语言燃成歌
来吧爱情，坐在我心里
我在心网上准备了一个地方
把你的眼睛落在我的眼睛上

我的心已堆成沙丘
你在那里是一抔土
在没有爱情的日子
生命成为一眼枯泉

过去的岁月是破碎的镜子
因为她啊，我的心儿碎了
走向生命的尽头
说起爱，我身败名裂

尼牙孜·卡马勒的诗

尼牙孜·卡马勒

新疆作家协会会员。作品发表在《克孜勒苏文学》《喀什文学》《中外诗人》等刊物上。《向乡林出发》《对繁星说》《樵夫财产的分配》《吉丽宛古丽的爱情》等作品入选《鹰的飞翔》短篇小说集。

南湖

从南湖闪烁的光，如太阳。
照亮祖国的怀抱，如火焰。
驱散黑暗，曙光照亮大地。
各族人民欢欣鼓舞，心心相连。
跟着党，人民翻身得解放。
走上正确的道路，国强民富。
我们手拉手，创造百年奇迹。
南湖与帕米尔融为一体，
各族人民沉浸在幸福中，
全靠共产党鲜红的旗帜。

慕士塔格山的涧水

这是我出生的地方，
慕士塔格山的涧水，绿洲是我的家乡。
山花把大地装扮得五彩缤纷，
泽拉甫香河流淌着蜜糖。

清晨送走月亮和星星，
我仰望着广袤苍穹。
给我上勇敢的课，
如雄鹰在空中展翅飞翔。

这里宛若油画，
果园环抱着田野、山谷。
人民热情好客
准备有羔羊和水果。

夏秋是旅游的旺季，
现在这里没有险路。
沿山谷新建了公路，
欢乐常常穿过心灵。

朋友来到我的家乡，我在等你，
享受自由的呼吸。
一个新时代的画卷，
在你面前展开。

我想……

我想看你花容月貌的脸庞，
我想吻你石榴红的嘴唇。
你的怀抱是天堂，在那里，
我想享受生命的乐趣。

我想为你挖渠引水，
我想把戈壁变成果园，满溢花香。
像法尔哈德[1]把心当成酒杯，
我想为你的爱敬杯酒。

我想把珍珠垒成果园，
我想用水泥造湖，引水进来。
有如一对天鹅游在湖里，
我想和你手牵手一起游泳。

我以为自己是幸福的，
为了你我宁愿老去。
为你活着是多么伟大，

---

❶ 法尔哈德：爱情长诗中的男主角。

我想成为你的人。

所以，我希望你忠诚，
因为我心中燃烧着火一样的爱情。
我想把诗歌中采撷的花束献给你，
我想得到你如花的心。

热加比克·托合塔巴依的诗

热加比克·托合塔巴依

20世纪90年代开始文学创作，作品发表在《喀什文艺》等文学期刊上，有十余首诗歌作品入选塔吉克族青年诗人诗集《屹崂里的悄悄话》。部分诗歌作品被译为汉文发表。

我的祖国是中华

我在你的怀抱里云杉般长大，
美丽的祖国啊，我慈爱的母亲。
地图上金鸡闪耀着光芒，
伟大祖国的关怀响彻寰宇间。

你脚下的花散发芬芳，
香气给心灵带来乐趣。
花朵在你栽培下绽放，
五十六个兄弟民族同欢乐。

你的物产丰富如泉涌，
你的街道整洁，市场繁荣。
勤劳的人民生活富裕，
光灿灿的脸庞，心中充满爱。

因为你是人民的母亲，
我是鱼，
你是海，
我的祖国是中华。

春之遐想

立春时我兴致勃发去踏青，
下着雨，我与松树林交朋友。
雨点吻着我的额头，
松枝忌妒摇曳。

露出脸的太阳向我微笑，
彩虹在阳光下五彩斑斓。
大地铺上绿色的地毯，
生命在它的怀抱里花枝招展。

新生的树苗，
虽娇嫩却充满希望。
大自然的恩赐，
茁壮成长。

涧水潺潺，溪流淙淙，
混响成我喜欢的抒情乐章。
充满肥田沃地精神，
有如被不过瘾的缠绵捆绑。

在土壤中蛰伏的动物苏醒，
坚定对未来的信心。
春天给予我激情，
确立了每一天的计划。

故乡情

仰望天空的飞鸟，
故乡之情在我心中油然而生。
鸟儿把自己的真心绑在窝上，
虽然忙忙碌碌，来去匆匆。

我欲飞翔，如鸟的同胞，
我思念故乡的水土。
山峰耸入云霄，山脚绿茵草甸，
这里的人们和善，自然也娴静温柔。

山花绚烂，有如铺开天然的地毯，
从各地来的客人纷纷称赞。
帕米尔故乡的空气清新，
她的美有如无与伦比的红宝石。

美丽的塔什库尔干我的故乡，
她的身影常留在我记忆里和梦中。
像雄鹰一样勇敢的同胞们，
为祖国奉献忠诚的灵魂。

雨中遐想

我站在窗台下往外看，
阵雨哗哗地下。
氤氲的气息令人心旷神怡，
大自然骄傲地欢笑。

我幻想如果我是雨水，
化为饥渴心灵的灵丹妙药。
花儿会让我站在花瓣上，
我便是她永远的伴侣。

从根上满足她的渴望，
我要做公园的养护员。
人们成双成对来散步，
心中充满色彩的浪漫。

花凋谢了我会做种子，
决心发芽并茁壮成长。
汗水和爱洒进大自然怀里，
千年万年延绵不断。

找你

我在热情的乡村找你，
因调皮被撵出家门的自己。
给迷人鬼机会来骗我，
刹住，头脑清醒眼瞎了。

我在无垠的草原找你，
在我遐想中骑着骏马驰骋。
闻着水草丰美的馨香，
若陶醉了就自信地往前走。

我在茂密的森林找你，
雨珠藏在你的叶片下。
遐想着你，擦过你的枝条，
几次忏悔过我的过失。

我在热闹的城市找你，
这辈子找不到后悔药。
原来你的可贵是无价之宝，
在你心里请再给我一隅之地。

第一场雪

初冬的第一场雪纷纷扬扬，
给世界穿上白色礼服。
天宇在寂静中安睡，
把群山和园林染成白色。

第一场雪寓意你的纯洁，
从纯洁中滴下的宝贵财富。
你的脚下躺着如花的生命，
没有你就不会出现绿色。

我的孩提时代常常翻着跟头，
特别喜欢踏雪而过。
我兴致勃勃地看着我的孩子，
他们就像过去的我。

以雪开始爱的激情。
姑娘与小伙互致问候。
有人用雪书表达心意，
僻静中获得心灵安宁。

雄鹰说“山是我的故乡”

巍巍帕米尔山，峰如剑
这里的青玉名满天下，
这里的人自喻为鹰的传人，
莱丽、库依那孜、凯克穆尤[1]是她的挚友。

对它的利爪我羡慕不已，
强健的翅膀在天际穿云拨雾。
勇敢地战胜毒蛇猛兽，
目光闪现着慷慨而高尚的品格。

山间是它的巢穴，它飞翔的天空，
它是多么凶猛而敏捷。
大自然赐予它的食物无限，
它的同伴白头翁、秃鹫是多么剽悍。

---

❶ 凯克穆尤：花名。

雪地里的爱情

层峦叠嶂，山腰是厚厚的积雪，
山里的美人阔步走来。
“为爱情而插的花束，
奉献给我的爱人。”

爱她的小伙子也在山上，
他们一起生活在雪地。
把爱情向永远的恋人表露，
心中的爱恋被征服。

园子里虽有各色艳丽花朵，
可在恋人心中不如山花。
深入山坡的爱情，
原封保存直到永远。

在雪山上享受大自然的纯洁，
有如这一对青年的韶华。
皑皑白雪是纯洁爱情的财产，
为后代的心灵带来光明。

我记得

我记得，
我与你，那时我很安静。
你的呼吸在黑夜里，
在欣赏中我听得很清楚。

我记得，
那时你哭过，
把我的胸脯当羽毛枕头，
你流着快乐的眼泪。

我记得，
咱俩彼此欣赏，
漫不经心地聊着天。
你山泉般的眼睛躲着我，
那时我完全相信你的爱。

相思

明月当空的夜晚没有睡意，
好想我们能够相遇。
我为你泪流成河，
思念着你，日夜哭泣。

你的声音是我心中的汽笛，
每时每刻为我鼓劲儿打气。
我不放弃唱歌，
我的心如燃烧的火苗。

世界的光宛若盛开的花，
我以我血来浇灌它；
抑或成为你的守护神，
把我的命永远交予你。

思念之火在我心中燃烧，
仿佛大自然幽静的爱。
我愿为你付出的一切，
你以歌声来激越萨玛舞[1]。

---

[1] 萨玛舞：新疆传统舞蹈，国家级非物质文化遗产。

懊悔

曦光如星璨，可你为何像雾霭。
你曾似花光亮，岂会变成枯草？
你是春天的幼苗，可你草木萧疏。
你的叶子已变黄，色彩去了何方？
我第一次看到你，就被你迷住。
你今天一蹶不振，到底为何缘故？
我懊悔地说，将其留在匆忙的路上。
你不想吗？今后的路还很长。

母爱

大千世界，绝无仅有，
伟大的关怀如母爱。
母亲的品质胜过太阳，
恩情仿若春天。

你要知道，母亲是慷慨的天使，
人间渴望着她的爱。
从那个怀抱里得到温暖，
即便是冰山也能化成泉。

没有母亲的人心里悲伤，
两只眼睛，泪如雨下。

祈求

秋雨比风厉害，
干旱如一场灾难。
若是春雨，
诸事都会风调雨顺。

雨水是奔流的大河，
可秋天的雨有何用。
大自然的容颜是金色，
意味着丰收的装扮。

欢欣鼓舞，没有忧伤，
不要为别人流泪。
回忆那枚秋阳，
你的笑容会无比灿烂。

我的生活在秋季，
我现在缺少阳光。
我不喜欢下雨，
那会毁了我的收成。

买迪巴依·巴都尔的诗

买迪巴依·巴都尔

新疆作家协会会员。20世纪90年代开始文学创作，作品发表在《民族文汇》《喀什文艺》《阿克苏文艺》《草叶诗人》《新世纪诗歌领军人物范本》等刊物上，部分作品被译为汉文发表。

南湖

从红船上升起的那一束光，
照亮了慕士塔格群峰。
在亲爱的中华大花园里，
我是一只生有双翅的幸福鸟，
自由地飞翔在帕米尔高原。
我是祖国的儿子，国门卫士，
敌人来了我是一支箭，
朋友来了我是温暖的篝火。
在冰山不屈服的是雪莲，
在色勒库尔吓不倒的是雄鹰。

冰魂

——缅怀帕米尔雄鹰拉齐尼·巴依卡

穿便装的护边员拉齐尼
雄鹰翱翔在冰峰雪岭间
你的心时刻为祖国跳动
你的心里装着祖国河山

你与战士站在一起
你在护边中如雄狮一样
你的足迹留在悬崖峭壁
麦戊瑞花在你心中绽放

红其拉甫把你送到北京
你永远在人民心中翱翔
用生命为冰山赢得荣耀
你的精神哺育百花灿烂

你雄鹰的精神永垂不朽
你是我心中永远的骄傲

草原香气

我草原的歌跌宕起伏
我的客人是鸟儿和野兽
太阳背起它们
它们的灵是山川河流

草原自由放牧
羊羔和马驹亲吻草原
大地是有名的慈善家

草原
绿色世界
草原的香气
像羊背
似牦牛犄角
不
像我母亲的头发
似弹奏热瓦甫月夜的味道……

鹰笛

我来时你从心中飞出
山崖高昂着头
不知山鹰落过的哪座山峰
此刻有颗骄傲的心

是那么的心潮澎湃
当激越的音乐达到高潮时
生命永远在翱翔
时而俯瞰时而升腾

女骑手

在马背上玩耍
红靴燃烧火焰
蝴蝶落在金马镫上
心在长空飞舞

伸手摘取星星
山塬上飞马驰过
骁勇女孩跨越山冈
与小伙比赛叼羊

飞蛾般围成圈
叼羊现场骏马奔驰
女骑手竞技惊险动人
抢到“叼羊”投向心仪之人

镜中映象

雪花飘飘
我心的园在外飘荡
你寂静，我寂静
乳白色头发上蝴蝶飘飞

面对面
想你
以冬天的寒冷
望你
忘记留住青春
你的眼里有我
我的眼里有春天

太阳的住所

太阳从山下升起
此刻，山的怀抱充满欢乐
面朝太阳，心在微笑
露珠站在花瓣上

无声无息渗入花蕊
耐不住阳光炙烤
蓦然看到干涸的大地
如一颗泪珠般掉落

世界重生一个希望
即刻给心灵带来美丽
太阳返回时与大山告别
送走大山一样的山里人

这里每天生一个美丽的太阳
羚羊、山雀如夜莺鸣啭
诗行中隐藏着爱的絮语
一位诗人太阳般吟唱

戍边礼赞

冰峰耸入云
忠于祖国的风骨
战士们头枕着地平线
视界碑如自己宝贵的生命

峻峭锻炼勇敢精神
山的一直是巍然屹立
即便是月牙儿请他也不去
心里装着对祖国的爱恋

他们对每一个山峰了如指掌
每一寸国土神圣不可侵犯
他们的心如皑皑白雪
为祖国而跳动

不忘初心，牢记使命
年年月月艰苦戍边
暴风雪中岿然屹立
战士的理想属于祖国

悬挂的太阳

苍穹之上的太阳
从慕士塔格峰
落入我父之手
大地光芒四射

一切龌龊焚为灰烬
大地之光开满花朵
当太阳
把一块馕饼

递到母亲手上
阳光瞬间充满神奇
世界万物看到此景
阳光倏然照亮每个人的脸庞

过去一代后
正午时分
我百岁的爷爷
把太阳悬挂在山峰之上

太阳之子

我们是太阳的后裔
我们原是太阳的儿女
我们心怀光灿灿的情
我们是光之女，光之子
我们是光之子，光之女

清晨我们欢笑着出来
帕米尔看着你微笑
慕士塔格峰，还有乔戈里峰
我们原是太阳的儿女
我们是太阳的后裔

奏响塔吉克鹰笛
用歌声迎接太阳
心中充满太阳的季节
我们原是太阳的儿女
我们是太阳的后裔

我们把乔戈里峰投入山河
我们用阳光亲吻祖国

我们的祖先向着太阳
我们原是太阳的儿女
我们是太阳的后裔

头戴光灿灿的王冠
承载历史的遗产
繁衍到今天
我们原是太阳的儿女
我们是太阳的后裔

孩子是希望

孩子是心脏，
是家庭的红阳。
孩子是一种
永不熄灭的希望。

让孩子快乐成长，
让他们享受大自然。
不要阻止他们，
去实现纯洁的心愿。

他们有自己的世界，
洋溢着纯朴与善良。
我们希望他们，
放飞梦想，
拥抱希望。

孩童时期的美好回忆，
让我们想起它的甜蜜。
孩子需要我们，
给予他纯朴的一切。

不要阻止他们，
让他们去拥抱希望。
他们是祖国的未来，
让我们好好培养。

让他们唱出感恩，
唱出梦想。
像雄鹰一样，
展翅翱翔。
火红的太阳，
照亮他们未来之路。

迪丽努尔·赛依迪拉的诗

迪丽努尔·赛依迪拉

喀什地区作家协会会员。1997 年开始用维汉两种语言创作，多篇文章在《全国优秀散文集》《华夏教育教学精品荟萃》等国家级、自治区级期刊上发表。

南湖

南湖升起的晨光照耀着慕士塔格峰
从此，太阳照亮了伟大的祖国
她领导中国人民，走向胜利
在希望的道路上，高举伟大旗帜
创造了欣欣向荣的中国
我们跟着共产党走向新时代
每一个脚印创造着奇迹
新的历程使我们继往开来
各族人民心连心
中国梦我们共同实现

鹰之殉

——悼念英雄拉齐尼

严冬，新一年的开端
惊闻，雄鹰落难
慕士塔格披着落地的长衫
公主峰的泪水
流成塔什库尔干的河水
吊唁这来自冰山脚下的儿男

拉齐尼，雄鹰
雄鹰，拉齐尼
塔吉克人崇尚
搏击长空的雄鹰
拉齐尼，守护边防
守卫祖国疆土的护边员
四十一岁，三代人
七十余年
骑着牦牛
或徒步
穿梭在人迹罕至的冰雪山峰之间

拉齐尼，你用年轻的生命
诠释了塔吉克人对祖国的忠诚
以及
对党和人民许下的诺言

拉齐尼，我的兄弟
不愧是塔吉克人的好儿男
你，一个共产党员
使命和担当牢记心间
是名副其实的英雄、楷模
在人民最需要你的时刻
你毫不犹豫
就连付出年轻的生命
你也是义无反顾
用实际行动谱写了一曲
感人肺腑的歌

拉齐尼，我的好兄弟
雄鹰，塔吉克人的骄子
世代在祖国边防守护的人民不会忘记
英雄的足迹不会被大雪淹没
英雄不会走
雄鹰会更多
我听到“花儿为什么这样红”的歌
我仿佛看到

"花儿永远这样红"的承诺
我们会长期缅怀你呀
雄鹰拉齐尼
一路珍重——走好

肖开提·艾孜木巴依的诗

肖开提·艾孜木巴依

2007 年开始文学创作，作品发表在《喀什文艺》等文学期刊上。

塔什库尔干

群山是塔什库尔干的装饰，
洁白的装束对它最合适。
雪水让人心旷神怡，
如蜜的甘霖。

这里有独特的世界，
有民族的自然习俗。
这里有善良的人民，
心中满怀爱。

阳光最先染红帕米尔的嘴唇，
照耀塔什库尔干的美丽容颜。
这里的人们生活幸福欢乐，
共产党给予我们无穷的力量。

团结之花绚丽多彩，
爱的土地沃野千里。
每个人心里闪耀着，
对祖国的无限忠诚。

鹰之魂[1]

伟大的灵魂凝聚在心房
责任神圣，信仰坚定
把壮丽的青春韶华
奉献给雪谷冰峰

头上仍戴着奋不顾身的冠冕
凯力迪别克留给巴依卡的遗产
这顶冠冕的涟漪由拉齐尼发扬光大
他，爬冰卧雪，越岭翻山

他，像爱护眼睛一样护边
他，为了祖国奉献一切
他，常常露出温暖的笑脸
郁金香在爱的花瓣闪烁

在生与死的考验面前
他，为救一个生命挺身而出
在祖国的怀抱里是这样的温暖

---

[1] 为怀念拉齐尼·巴依卡所作。——编者注

团结友爱是不灭的火焰

巍峨的山峰流着冰泪
红其拉甫达坂垂首默哀
过早诀别的噩耗
令河流山川惊诧

高扬奋不顾身的精神
成千上万的人儿泪流满面
舍己救人的灵魂在帕米尔上空飞翔
千千万万个拉齐尼在成长

团结之歌

我们肩并肩手挽手
向着和谐稳定的目标前进
我们的脸上溢满欢笑
这个幸福的季节心旷神怡

我们的生活已经无忧无虑
我们的日子过得幸福安康
各民族都是一个大家庭的儿女
像石榴籽一样连接我们的情感

五星红旗温暖着我们的心
英烈们用鲜血染红了她
迎风招展，书写达斯坦
抛头颅洒热血的场面壮烈

砸烂一个落后的旧世界
摧枯拉朽，破旧立新
为祖国而战的仁人志士
我们踏着他们的足迹永向前

珍惜生命

生命短暂，转瞬即逝，
每一刻一去不复返。
无悔的奔赴，
你当珍惜生命。

对每个清晨的新生命，
每次当如瞳仁般爱护。
每一步都是你的凯旋，
你当珍惜生命。

生活仿若奔流不息的河，
时而汹涌澎湃。
有欢乐，也有悲伤，
你当珍惜生命。

百折不挠地向着目标前行，
时间是金，你当珍惜。
莫要评价好与坏，
你当珍惜生命。

你莫浑浑噩噩度一生，
莫去无价值的场合瞎混。
也别去追求虚名，
你当珍惜生命。

相思

你的美貌在我怀里燃烧，
在我记忆里你是美丽的仙女。
你的眼睛看上去多迷人，
我幻想着那甜蜜的时刻。

大自然的爱比什么都伟大，
怀抱着万物欢呼雀跃。
我会对你的爱付出我的爱，
没有爱情就没有生命。

不知道你会不会想起我，
微风吹动着你的秀发。
你会来我这边吗抑或飞，
库依纳孜花在山上盛开时。
你的美貌让我心醉神迷，
犹如山花从你脸上散发光芒。
我最后一次倾听你的心，
我所期待的声音会来吗？

吐尔迪拜克 · 木沙的诗

吐尔迪拜克 · 木沙

喀什地区作家协会会员。1992 年开始文学创作，先后在《中外诗人》《喀什文艺》《新疆人大》等发表文学作品数篇。

南湖

一面红色的旗帜在南湖飘扬，
发动工农举行武装暴动。
在祖国大地吹响解放的号角，
无数英雄流尽最后一滴血。
她领导全国各族人民，
推翻旧时代，
建立一个崭新的中国。
慕士塔格初升的太阳，
照亮了帕米尔高原，
塔吉克族人民沐浴着幸福的光芒。

幸滚[1]呵，生命之河

幸滚呵，愿我能够喝到你清澈的水，
幸滚呵，我从心底把我的爱告诉你。
幸滚呵，我在你伟大的怀抱里散步，
幸滚呵，你的土地是产天马的故乡。
幸滚呵，你清粼粼的河水滋养人类。

---

❶ 幸滚：地名。

侠达力·白合塔力的诗

侠达力·白合塔力

2009年开始文学创作，曾在《现代文学》《中外诗人》《草叶诗人》《中国爱情诗刊》《新绪文学》《大中华文学》等刊物发表作品多篇。

别生气，我的美人

别生气，我的美人，
从你身上可找到一切的美。
我赞美，我推崇，乐此不疲，
从生命中汲取营养，茁壮成长。

别生气，我的美人，
幸福的我们，幸福的门槛上。
在音乐中写我的赞美诗，
我们的爱把炽烈的篝火点燃。

别生气，我的美人，
有童年一起玩耍的记忆。
在月光下捉迷藏，
在婚礼上跳麦西来普舞。

别生气，我的美人，
在我生命里摆上幸福的珍珠。
生命一去不复返，
时时刻刻珍惜你身边的爱人。

在你眼里找到自己

在清晨奶茶的香气中，
我的幻觉在找你；
寻寻觅觅，一时陶醉，
你终于成了精确的答案。

如果从你眼里流出一滴泪，
我生命的意义就会瞬间破坏，
你会让我一辈子心伤。
我若在你眼里找到自己，
我会一直幻想到天亮。
你看上去那么漂亮，
直到我的爱渗透你。

瓦尔斯江·阿塔汗的诗

瓦尔斯江·阿塔汗

中国少数民族作家学会会员、新疆作家协会会员。1994年开始文学创作，作品发表在《民族文汇》《喀什文艺》《塔里木》《吐鲁番》《新玉文艺》《哈密文学》等期刊上，入选《雄鹰飞翔》《草叶诗人》等诗集。有诗歌被译为汉文发表。

南湖

此刻，我凝视南湖，
波涛澎湃，暗流涌动，
犹如在漩涡中游弋。
伟大的事业，从你睁开了眼，
你领导人民前赴后继，
幸福的太阳从此普照大地，
我们幸福地生活在你温暖的阳光下。
党啊，你是我的荣光，
各族儿女手拉手肩并肩，
走在社会主义的康庄大道上。

眼里

你的声音有多曼妙，
喜悦在我心中鼓荡流淌。
星星在你眼睛里讲述童话，
追逐波浪，流向远方。

这个夜晚在我眼里有谁醉了，
在满天的爱中做出举动。
光的语言纷纷落下，
哦，如此这般地搞出的举动。

在你眼里我的眼睛如熟透的桑葚，
哦，所有的思念如扇动的翅膀。
嘴唇如殷红的花儿，
哦，所有离别的举动都成为陌生。

你送走哦，像太阳一样，
恋人啊，如一束芍药绽放。
我完好无损地坐在你的眼里，
犹如百花盛开的春天。

你的气息像花朵

思念你哦，你的气息如花朵，
草原如五彩缤纷的爱情。
你眼睛对我眼睛讲述传说，
将你的歌声汇入波浪的音乐。

我把最喜欢的歌献给你，
那一刻我想起你爬过的坡。
每个清晨仰望着星星，
哦，你不是说过我喜欢你么。

在可闻到柏香的草原，
竖琴弹奏着绿色乐章。
羊群欢快致意，
感觉牧草似在飞翔。

想念你哦，你的气息如花，
仿佛花瓣纷纷飘落。
爱在我的想象中飞翔，
有如你喜欢的那个姑娘。

凯撒尔·都来提比克的诗

凯撒尔·都来提比克

新疆作家协会会员，喀什地区文学艺术界联合会会员。20世纪80年代开始文学创作，先后在《民族文学》《天尔塔格》《塔里木》《喀什文艺》《喀什日报》《新疆文艺》等期刊发表诗歌和散文作品数篇；部分作品入选《冰山之恋》《雏鹰展翅》《屹崂里的悄悄话》等文选。

大地

在春天的怀抱里宠大，
万物引领，利益驱动。
渗透太阳的烈焰强光，
一万年原封不动旋转。

因被水缠绕，身体光滑，
鱼在江河湖海游弋。
生物遗传也和人类一样，
温暖的心在大地碰撞。

热量在大地的胸膛里，
树的发芽蔚为壮观。
太阳吐出的金丝线，在光中
动物的传宗接代被称为爱情。

矿藏沉睡在荒山秃岭，
绿色却生长在地上。
沙漠地下有乌金，
辽阔的高原空气新鲜。

大地的故事源源不断，
如馥郁的花抑或暴风雪。
几多幸福，几多痛苦，
有如母亲般搂进怀里。

雨

雨闻着草甸的呼吸
向着绿色开路
呼吸窒息
生命花摇曳
给龟裂的土地
给龟裂的手
化作甘霖降下
窸窣无声
笑着走来
染色土壤的躯体
渴望春雨
在花蕊颤抖的露珠
自豪光临大地
大地在途中点上灯
嗟叹光秃秃的山
崛起的树苗
感受诺鲁孜的气息
闪动黎明的曙光
山势，乐观的花
聚在一起，举行盛典

我的帕米尔

美丽的帕米尔是我灵感的源泉，
你是温暖早晨的微笑，
你是晚霞彤红的脸颊，
你又是生命的美好意义，
你是诡谲现实的闪光点，
你是祖国大地上矗立的巨烛，
你是世纪以来闪光的图片。
白丝带缠绕着你的山峰，
珍珠般的塔什库尔干在你眼中闪烁。
帕米尔是我时代的辉煌，
帕米尔繁华的街市琳琅满目。
帕米尔轻歌曼舞，空气清新，
对帕米尔的颂歌唱也唱不完。

瓦哈甫江·库尔班的诗

瓦哈甫江·库尔班

新疆作家协会会员。20 世纪 80 年代开始文学创作，先后在《上海文学》《民族文汇》《哈密文学》等期刊发表作品数篇。

你知道吗

你知道吗？
我蘸着你的晨曦洗脸，
你一滴一滴地滴着。
向着我的梦幻
我的灵魂如一抹朝霞。
你知道吗？
我的心染上你的模样，
我的脚步声中有
走在路上的一个人和心愿。
你知道吗？
我扔掉了所有的空瓶子，
无任何东西，无任何人的夜晚。
我不想从任何东西中寻找意义，
音乐
电视剧里接吻的场景，
树叶轻轻，沙沙作响。
微风呼吸，
当我努力时，又埋掉很多沉默，
谁能想到门嘎吱开了
我心想，所有东西都是从开门开始，

当你敞开心扉时，你会看到一位客人，
当你打开窗户时，哪怕一只苍蝇也会进来。
你还知道吗?
我们可能会变成大海，
也许变成石头或者土壤。
在我们胸脯上生活的那些人中，
我们伟大。
记忆中还会忘记。
你知道这些，
你还知道从我诗行中走过。
无须说，
你知道的事情真多。

器乐

我在内心的轻叹中记起，
当我走进孤独的房间时，
迎接我的是锯齿玻璃烟灰缸。
我游弋在广袤无垠中，
你出现在我漂浮的思绪上。
那是你的影子。
这个影子时刻与我在一起，
甚至在音乐中也会出现，
睡觉时也会出现，
我会在美妙的音乐中喁喁私语。
收回你的影子！

在寂静中，
听完了所有我称心的音乐。
你知道吗？音乐没有语言，
她的语言只是你心中的忧伤，
如果她有语言。
她只是人心。
这是你的影子与我俩的秘密。

从我嗜酒开始，
我就准备忘记头痛和胃痛，
我承认我是个大心理学家。
我也相信音乐的感染力，
只是不相信我的头像。
你，
最后的音乐你弹奏得非常优美。

亚力坤·亚克甫的诗

亚力坤·亚克甫

新疆作家协会会员。作品发表在《民族文汇》《克孜勒苏文学》《喀什文艺》《新疆青年》《草叶诗人》等期刊上；部分作品入选《冰山之恋》《雏鹰展翅》等文选。

从你的窗户窥视着一个太阳

一个太阳在你窗前微笑，
它的热度燃烧生命。
不是白天，甚至是夜晚，
给我呈献美好的愿望。

一个太阳在你窗前微笑，
不知是谁此刻在渴望。
心中是流浪的感觉，
不停闪烁。

一个太阳在你窗前微笑，
一个篝火为爱情燃烧。
美好的感觉会刺激你，
滑动装扮沙丘。

偶然相遇

也许我们没有想到，
我们偶然相遇。
一时间说话吞吞吐吐，
彼此之间羞羞答答。

半个时辰也许很长，
或许还很短。
我的这个时间过得很开心，
兴奋地背诵着回忆。

虽然偶然相遇，
仿佛回到我们的青春。
离别时说再见很难，
时不时回头看着彼此走远。

翻着相册

我翻着相册，
注视着一张照片。
图书馆，学校生活，
排着队从我眼前经过。

我看了一遍又一遍，
我在想象中看了很久。
那一刻我感觉陶醉，
有如微笑着站在我眼前。

我翻着相册，
一时忘了我自己。
仿佛回到我的青春，
我变得稳健端庄。

热沙来提·沙拉伯克的诗

热沙来提·沙拉伯克

20世纪90年代开始文学创作，作品发表在《塔里木》《新疆工运》等文学期刊。部分诗歌作品被译为汉文发表。

帕米尔礼赞

祖国的帕米尔，我美丽的家乡，
在历史的扉页上，
你的名声何其显赫。
我的前辈守边护边固边，
怀揣心系人民的远大理想。

在这里祖先创造了独特的文化，
留给子孙后代宝贵的遗产。
塔吉克五柱大屋，
塔吉克婚俗独具特色，
把佳偶伉俪的心火点燃。

山中资源丰富，藏有青玉、祖母绿，
我的家乡就是资源和矿产的宝库。
如今一天比一天繁荣发展，
古兰丹姆和阿米尔
是幸福之花的见证者。

我的家乡最有名的还是那古老的
石头城堡，你看那乔戈里峰

慕士塔格峰巍然屹立。
盘龙古道上全都是驼队商贾，
公主堡的根基纯粹是爱情故事。

生长在悬崖绝壁上的妖娆
雪莲花和药用植物花卉。
眼睛闪现着对故乡的爱，
她的温泉——
治疗心灵忧伤的良药。

艺人中传来最美的歌声，
鹰笛和达卜的伴奏多么悠扬。
传来花儿为什么这样红的赞歌，
引来各方
百灵鸟的激情欢唱。

阿比辛滚大峡谷的美名
她的涧水多么甘甜
且给我们力量。
山泉水的甘美胜过珍珠，
流入心房，令人舒畅。

你看那勤劳的人民，
热情又好客，
杏花沟旅游景区名扬四方。
迷人的文化，美丽的传统，
有如花枝招展的少女般耀眼。

流水潺潺，碧波荡漾，
撞击在石头上的珍珠欢唱。
河岸上的花香
令人陶醉，
激起诗人心中纯洁的思念。

世界屋脊，离太阳最近，
游人向慕士塔格涌来，
热闹非凡。给心灵
带来几多美好的享受，
蓝天。白云。巍峨的雪山。

所有的河流都会找到
爱情的源头，这里有
令人赏心悦目的自然风光。
伴着旅游，婚礼更加热闹，
今天的帕米尔，亲吻着太阳。

我们骄傲的生活，何其欢乐，

把和谐的纽带挂在心上。
迎接
我们幸福的新时代，
安定团结，撸起袖子加油干。

我们的有志青年时刻准备着，
像雄鹰一样振翅翱翔。
我的家乡——
美丽的帕米尔沐着花香，
我们前赴后继一生奉献。

母亲

纵使你走遍世界，
也没有母亲般的善良。
心里时刻产生爱，
世界以此来繁衍。

一只手摇着摇篮，
另一只手摇着整个寰宇。
在世上她孤独，她操劳，
写也写不完，几多达斯坦。

儿女之火在心中燃烧，
她温暖的爱像太阳。
儿女是她的命根子，
她是儿女永不疲倦的翅膀。

为养育几个儿女，
她奉献出生命。
给予如蜜般纯洁的疼爱，
她把孩子养大成人。

有母亲一切都美好，
有母亲生命光灿。
无私的爱只为幸福。
懂得珍惜，价值无限。

被爱直到地老天荒，
心中有无尽的深情。
无法用语言来描述，
让我们向她感恩致敬。

倘若你在这世上去寻找，
没有比母亲更伟大的人。
母亲是伟大的，没有她，
生命没有任何意义。

母亲的希望

小宝啊，你们是我的幸福，
增加我心的喜悦，我的欢乐。
我心里明亮的灯盏，
我每天望着你们，每时每刻。

你们是我生命的延续，
还有一个母亲的荣耀。
我活着，骄傲的年华，
与你们一起更有意义。

获取知识，健康成长，
像雄鹰一样展翅飞翔。
在你们的付出及你们的劳动中，
这生命才能获得美满。

对我不留任何遗憾，
你们要时刻为人民歌唱。
将来成为栋梁之材，
你们要时刻热爱锦绣祖国。

祖国之恋

祖国，我在你的爱中成长，
充满力量，你在我心中
无条件地点燃爱的火焰。
我也像花儿一样盛开，
祖国，我在你怀抱无比幸福。

祖国，你为我指明伟大方向，
我的征程上一路鲜花盛开。
祖国，我在你的怀抱里
吮吸着清澈的光成长，
我的前程我的幸福亦伟大。

祖国，我们各民族平等和睦，
你扶持了我们每一个人。
祖国，我们摘掉了
贫困的帽子，
你一年比一年强大。

祖国，在我心中，
涌起无限的敬仰，

你的荣光我用语言写成达斯坦。
你的辉煌誉满寰宇，
祖国，你爱的怀抱是广袤的天空。

祖国，昂首挺胸，屹立于东方，
你在红彤彤的光焰中升起。
祖国，你的人民
从不屈服于任何艰难险阻，
万里长征何所惧。

祖国，你是我的自豪，
你是我永远的骄傲，
你是我光灿灿的希冀。
祖国，我为你一生戍边，
为你献身是我的誓言。

柔巴依

1

这里有些人犹如狐狸，
眼睛闪烁着虚伪的笑。
人前夸赞，背后谩骂，
会把你引向戈壁荒漠。

2

谁好谁坏永远难分辨，
谁的脸上都没有字。
总有一天时间会证明，
会把黑与白分辨清楚。

3

把谦虚美德当作恋人，
美德给生命带来幸福。
无论何时只要有良心，
你就会忘记骄傲自大。

4

追月逐日，年复一年，
生命在怀里留下痕迹。
何其伟大又感情丰富，
人要以德行照亮心灵。

地力萨地克·依布拉音的诗

地力萨地克·依布拉音

作家、诗人、文化历史研究员。系新疆作家协会会员、新疆民间文学家协会会员、新疆舞蹈家协会会员。自1987年开始文学创作，其中《帕米尔夜晚》《母亲》《双喜》《诗女》《祖国》《鲜花》《石头城的传说》《森林使者》《帕米尔田野文物普查》等诗歌和文章在《塔里木》《新疆青年》《喀什文学》《喀什日报》等报刊杂志发表。

帕米尔之夜

皓月当空，亮如白昼，
帕米尔之夜令我兴致盎然。
灵感如潮像一条大河，
苍穹的浪花是天空之果。

山中柔和的风，
吹来扑鼻的芬馨。
即使是没有情人的人，
在这个夜晚也会流连忘返。

真心欣赏爱情的甜蜜，
天堂般美丽的夜色。
躺在静谧而美好的夜的怀抱，
鸟儿般自由欢畅。

夜空中无数的星星，
犹如撒向大地的金丝线。
火之心，创造者塔吉克之子，
不会让他陷入厄运，把他哄睡。

崇山峻岭沟壑间，
月亮和星星陪伴驼队。
帕米尔之夜多美，
即兴为它写首赞美诗。

石头城

我傲立于塔吉卡拉❶之上，
心中充满爱的想象。
塔吉克峰❷高耸入云，
站立成岿然雄姿。

我从右边眺望远方，
慕士塔格阿塔巍然屹立。
东边河水拍击着伟岸，
瓦尔希迭河❸流淌忠诚。

奇迹的世界得天独厚，
你的英姿凝结在艺术上。
大自然慷慨赐予我们
丰富的文化宝藏和矿产资源。

这是子孙后代的精神支柱，
用智慧修建了塔吉卡拉。

---

❶ 塔吉卡拉：塔什库尔干石头城的旧称。
❷ 塔吉克峰：山峰名称。
❸ 瓦尔希迭河：河流名称。

雄鹰模仿了它的精神飞翔，
至今依然勇猛顽强。

三千年以来，后代们在这里，
坐在富丽堂皇的宝座上。
历史碑文刻上印玺，
成为人民正义的冠冕。

你被传奇地称为世界
古老的“四大石头城堡”。
因党给予的宽松政策，
你又一次充满新的活力。

我悠闲地生活在这里，
以一个爱国主义者的姿态。
我的命运与你息息相关，
在你骄傲的花园里昂首挺立。